LE CRI

DE LA NATURE.

LE CRI

DE LA NATURE,

OU

LE VŒU

DE J. J. ROUSSEAU RENOUVELÉ.

PAIX ET BONHEUR.

PAR M. DUTEIL.

PARIS,

Chez { PETIT, DELAUNAY, PÉLICIER, } Libraires au Palais-Royal;

Et BÉCHET, Libraire, quai des Grands-Augustins.

1815.

IMPRIMERIE DE LE NORMANT, RUE DE SEINE.

LE
CRI DE LA NATURE.

Les hommes seront toujours victimes de leurs erreurs tant qu'ils ne prendront pas la nature pour modèle de leurs actions; ils ne deviendront réellement heureux qu'autant qu'ils banniront de leur esprit un fatras d'antiques opinions, la plupart imbécilles ou ridicules; c'est au fond de leurs cœurs qu'ils doivent puiser des conseils et des avis salutaires, et non pas dans l'obscur chaos de leurs sottes institutions.

Ou l'homme est né pour souffrir, et dans ce cas il n'est jamais trop malheureux; ou il est né pour jouir, et dans ce cas il n'est jamais trop heureux. Or, ce seroit injurier la DIVINE PROVIDENCE, que de lui supposer des sentimens barbares qu'elle ne peut avoir, des intentions perfides qu'elle doit abhorrer : si les hommes ne sont pas heureux, qu'ils cessent donc d'accuser *un sort libéral*, un ciel qui a fait pour eux tout ce qu'il pouvoit faire; ils ne sont malheureux que par leur propre faute;

c'est à leur déraison, à leurs fausses interprétations, à leurs erreurs, qu'ils doivent imputer la cause première de leurs maux , de leurs misères, de leurs calamités. Une fois hors la dépendance de la nature, sourds à sa voix , attentifs à celle de leurs pa sions, ils pensèrent, ils jugèrent et agirent constamment à tort et à travers; et rien ne leur ayant dit intérieurement : Où allez-vous? que faites-vous? vous êtes égarés !!! ils marchèrent et agirent toujours avec la même fureur et le même aveuglement. C'est ainsi qu'ils négligèrent les réalités pour se repaître de chimères ; qu'ils abandonnèrent l'étude de la nature pour cultiver une imagination toujours ouverte aux prestiges de l'erreur; qu'ils prétendirent être heureux autrement qu'ils l'étoient ; enfin, que d'êtres créés, ils voulurent devenir créateurs. Quel fruit ont-ils retiré de tant d'audace, de témérité, d'impiété? Des maux incalculables, des calamités sans nombre. L'expérience, la cruelle expérience leur a prouvé et leur prouvera toujours combien grande est leur imbécillité, leur impuissance, et quelle fatalité est attachée à l'ignorance ou à l'oubli des lois naturelles (1).

____

(1) Veut-on réellement devenir juste, humain, généreux,

On remarque avec surprise que, semblables entr'eux, et naissant et mourant tous semblablement, ils aient eu des manières si différentes de penser et d'agir; que le gouvernement soit là Monarchique, ici Despotique, ailleurs Démocratique, autre part Aristrocratique; que les uns croient au Diable, et les autres, point; que quelques uns se le figurent de couleur blanche, les autres, de couleur noire; que d'aucuns ayant foi à Mahomet, d'autres à Jésus-Christ, ceux-ci à Moïse, ceux-là à Zoroastre, quelques uns à Luther, d'autres à Calvin, etc. D'où peut donc provenir cette diversité d'opinions, cette variété de sentimens? n'est-ce point *de ce que la vérité n'est qu'une, et l'erreur multiple ?*

La religion et la politique sont sœurs jumelles et filles de la nécessité : *la première est l'art de diriger la pensée ; la seconde, de régler les actions : toutes deux doivent simultanément concourir au bonheur du genre humain ;* mais d'où vient donc, je le répète encore, d'où vient cette différence de penser dans l'une et d'agir dans l'autre ? Comment donc se fait-il

---

compatissant? *qu'on étudie la nature :* désire-t-on, au contraire, devenir injuste, inhumain, barbare ? *qu'on oublie la nature.*

que sur tant d'essais divers, un seul n'a été généralement adopté, ou procuré au monde la paix et le bonheur? *N'est-ce pas parce que chacun a cherché à sa manière la vérité là où elle n'étoit pas, dans un monde purement imaginaire, tandis qu'elle étoit dans son cœur?*

On n'a aucunes données positives sur l'époque première des associations ou corps politiques. Dès lors, on ne peut s'assurer s'ils pâtirent constamment des maux dont ils sont maintenant accablés; mais il est constant que depuis nos jours jusqu'à ceux où des faits avérés attestent l'existence de la sociabilité, l'espèce humaine a été consécutivement victime des schismes religieux et politiques : les premiers, peut-être plus désordonnés, occasionnèrent moins de désordres, en ce qu'ils n'eurent qu'un temps; mais le nombre des calamités qui résultèrent des seconds est incalculable, parce qu'ils furent continuels. L'homme, pour y remédier efficacement, ne peut trop méditer sur leurs causes; car ces fléaux sont du nombre de ceux dont le germe reproductif est indestructible, si on ne l'attaque dans son essence même.

On a peine surtout à croire l'histoire quand elle nous trace en traits de sang les funestes résultats des erreurs politiques. Le sol de la

terre est depuis des mille ans le théâtre de san-
glantes tragédies, et l'art semble tous les jours
en augmenter le nombre et l'atrocité. N'est-il
point temps d'abjurer enfin des doctrines si
abominables; de reconnoître que l'homme n'est
point l'ennemi de l'homme, qu'il est, au contraire, *son protecteur, son soutien, son ami;*
que la nature ne veut pas être troublée, *qu'elle
aime et désire, au contraire, la paix, la con-
corde et le bonheur ?*

L'état social, qui devroit être uniformément
le même, n'offre, pour ainsi dire, aux yeux
de l'examinateur attentif, qu'un va-et-vient
continuel d'esclavage et de liberté, d'indépendance et de domination. Il est même impos-
sible qu'il ait pu se fixer; parce que l'homme,
en s'écartant de la nature, sans cesse inquiet,
indécis, égaré, a désiré tantôt une chose, tantôt
l'autre; et qu'injuste par aveuglement, ou malheureux par circonstance, il a tantôt fait la loi,
et tantôt l'a reçue. Aussi long-temps qu'il ne se
rapprochera pas des lois naturelles, il est hors
de doute que cet état d'anxiété et de diversité
de position sera continuel : cependant les rouages
de l'alternative semblent s'user; l'art de la
tyrannie fait de jour en jour des progrès
effrayans; le despotisme forge dans le silence

des fers nouveaux ; la liberté est plus que jamais en danger, et elle succombera, si des hommes généreux, des héros d'humanité, ne lui font un rempart de leurs corps : vous périrez peut-être, hommes dévoués, mais des lauriers civiques ombrageront à jamais votre tombe immortelle ! O quel outrage il seroit fait à l'humanité, à la nature ! J'en atteste vos accens plaintifs, votre sort injuste et déplorable, peuples intéressans, peuples esclaves : vous deviez être heureux, et vous croupissez dans l'ignominie et l'infortune ! vous êtes nés libres, et l'on vous charge de fers ! Ainsi l'homme, ravalé au-dessous de la bête brute, ne pourroit plus désormais jouir des premiers bienfaits de la nature ; il ne vivroit plus que pour l'unique accroissement des plaisirs barbares de ses tyrans. Mais, non, je ne puis le croire, des principes aussi abominables, aussi désolateurs ne peuvent devenir l'apanage de tous les Rois : quelques-uns, véritablement sensibles aux maux de l'humanité, lutteront généreusement contre la propagation d'un système aussi perfide, aussi inhumain, aussi sacrilége : quelques-uns ne méconnoîtront pas que la raison, la justice, l'humanité doivent leur servir de règle cons-tante : quelques-uns enfin n'oublieront pas que de simples particuliers, ils n'ont été élus Rois que pour l'unique but de rendre leurs Semblables heureux.

L'homme naît plus vertueux que vicieux : sa bonté est dans son cœur; sa méchanceté, dans l'exemple et l'habitude : si, pour agir, il ne consultoit que son naturel en s'aidant de sa raison, rarement il seroit vicieux; mais s'il cherche ailleurs des conseils, rarement il est vertueux. En cela les Rois semblent excusables des erreurs funestes dans lesquelles ils tombent journellement : l'exemple est pour eux un appât toujours séduisant, l'habitude, un penchant irrésistible : en suivant les vieilles maximes de leurs pères, ou en s'abandonnant sans réserve aux conseils de leurs Ministres, ils croient de bonne foi être dans la bonne voie, et se garantir des piéges sans cesse tendus à leur inexpérience et leur bonne foi (1); ils s'imaginent que

______

(1) Le cardinal Mazarin, qui se connoissoit probablement, répétoit souvent dans les leçons de politique qu'il donnoit au Roi de France, que *les Ministres n'agissoient la plupart du temps que pour leur propre intérêt;* qu'ils ne se faisoient aucun scrupule de lui sacrifier le sort de la Nation; et qu'ils s'étudioient continuellement à duper leur maître, ou à profiter de leur foiblesse pour assouvir la soif inextinguible de leur viles passions; qu'un Roi n'étoit jamais trop méfiant; qu'il pouvoit écouter les

tel ou tel Roi qui a fait telle ou telle chose, les autorise à en agir de même ; *mais en tout cela ils se trompent.*

La vertu, il est vrai, est fille aînée de la nature, tandis que le vice, *unique fruit de la dissolution graduelle des mœurs,* est un sentiment postérieurement né ; mais quel que soit le siècle où l'on se transporte, on conçoit qu'à moins de remonter à la source primitive des associations, le vice moral existe constamment partout ; il est seulement plus ou moins accrédité (1) : invisible d'abord, puis accru en raison de son attrait, ensuite fortifié par l'exemple, et consacré par l'habitude, il s'est, pour ainsi dire, substitué à la vertu ; en sorte qu'aujourd'hui à peine même s'il existe quelques hommes susceptibles de peindre cette dernière dans toute sa pureté et toute son innocence.

---

avis de ses Ministres, soit pour éclaircir ses doutes, ou lui inspirer d'heureuses pensées ; mais qu'il devoit s'en tenir là, et ne s'en rapporter, du reste, *qu'à lui seul,* s'il ne vouloit encourir le surnom d'automate, et devenir de cette manière, la risée des étrangers, en faisant le malheur de la Nation.

(1) Ce seroit une erreur d'en conclure, que plus l'époque où l'on puise des conseils est ancienne, et moins ces principes sont vicieux ; parce que cette assertion, dans le fond vraie, peut-être d'autant plus fausse, en pratique, que les mœurs d'aujourd'hui diffèrent des mœurs d'alors.

Une démonstration étendue, mais futile, prouveroit à l'évidence que l'homme d'abord heureux, puis excité par l'appât de nouvelles jouissances, s'est peu à peu écarté des lois naturelles; que plus il s'en est écarté, plus il s'est trompé, et plus il lui a été difficile de revenir de ses erreurs (1).

Dès lors entraîné par la force irrésistible de ses passions, effets malheureux de l'exemple et de l'habitude, et par conséquent toujours aveugle, il a constamment erré dans la pratique de la vertu, *parce que ce qu'il jugeoit vertueux étoit presque toujours vicieux, et que ce qui lui sembloit vicieux étoit quelquefois vertueux.*

C'est donc une erreur, surtout en politique, de fonder des principes uniquement sur des principes antérieurement établis : les Rois ont donc tort de vouloir gouverner leurs peuples comme ils les gouvernoient autrefois, et comme la plupart les gouvernent aujourd'hui. *L'art de tromper les hommes n'est point l'art de les rendre heureux* (2) : des lois qui ne font point

---

(1) Si pour aller d'un lieu à un autre on prenoit une fausse route, on conçoit que la difficulté d'arriver au but proposé seroit en raison de l'erreur ou de la différence de route.

(2) Paroles d'un sage.

leur bonheur, ou qui ne les rendent pas aussi heureux qu'ils sont susceptibles de le devenir, ne peuvent être des lois sages (1); et c'est une honte, une lâcheté, une infamie, une atrocité que de ne point les abolir, que de ne point en établir d'autres plus conformes à l'esprit du siècle et aux vœux formels de la nature.

Mais, dira-t-on, où trouver ces lois? qui les révélera? qui les rédigera?

On les cherchera dans son cœur et l'expérience, parce qu'elles ne sont pas ailleurs que là : la raison, l'équité, l'humanité, en seront les révélateurs; et le désintéressement et la bonne volonté, les rédacteurs.

En consultant tour à tour *la nature, l'expérience, et l'état présent des choses*, établissons quelques vérités générales, sans l'application desquelles il ne peut y avoir *ni paix ni tranquillité, ni bonheur.*

DE L'HOMME.

Si l'on me demandoit quel est le caractère ou l'instinct de l'homme, sans chercher préala-

---

(1) Il n'y a qu'une seule manière *de faire le bien ;* car si on le fait d'une manière, on fera certainement le mal en s'y prenant d'une façon tout opposée, et l'on fera même encore le mal *en faisant mal le bien.*

blement à pénétrer son essence primitive et sa destinée ultérieure, toutes choses d'ailleurs incompréhensibles, je répondrois hardiment que *l'homme est, en tout, soumis aux lois générales de la nature* qui impose à chaque être agissant *la nécessité ou le besoin* de veiller sans cesse à sa conservation ; qu'il est, par conséquent, sensible à la peine et au plaisir ; qu'il a pour l'une *de l'aversion, de l'horreur ;* pour l'autre, *un attrait puissant ;* en un mot, que dans tous les temps de sa vie, ses idées, ses passions, ses volontés, ses actions, sont des effets toujours évidemment nécessaires de sa nature même (1).

Son organisation physique et morale est généralement la même ; le plus ou moins de dissemblance à cet égard n'est qu'un pur effet de la bizarrerie de la nature, *qui prodigue indistinctement ses faveurs ou ses disgrâces.* Si nous parcourons la terre du Nord au Midi, du Lever au Couchant, si nous visitons les

---

(1) C'est de leur amour pour les jouissances, de leur horreur pour les souffrances que dérive cette autre vérité ainsi dépeinte par M. Carnot : « L'état social, tel que nous le voyons, n'est, » pour ainsi dire, qu'une lutte continuelle entre *l'envie de dominer* » et *le désir de se soustraire à la domination.* »

palais les plus somptueux et les plus humbles chaumières, partout l'expérience nous démon-trera que les hommes éprouvent dans leur en-fance les mêmes besoins, dans leur jeunesse les mêmes sensations, dans leur vieillesse les mêmes incommodités ; et que leur vie et leur mort résultent toujours des mêmes causes ou produc-tives ou destructives.

Ainsi, s'imaginer qu'il naît héréditairement parmi les hommes une classe distincte et parti-culière, est une évidente absurdité ; déclarer qu'elle seule peut et doit commander l'autre, est le comble de l'injustice et de la sottise. En effet, quel signe particulier caractérise ces orgueilleux qui s'imaginent être originairement plus que les autres? De quelle espèce de limon se croient-ils donc formés? C'est en vain que l'on abuse de la crédulité ou de l'imbécillité des hommes; c'est en vain que l'on cherche à classer le sang humain ; sa nature n'est qu'*une*, et sera perpétuellement la même : *l'homme ne sera jamais ni plus ni moins qu'un homme.* Les beaux sentimens d'une âme vertueuse seuls constituent la noblesse : *d'illustres aïeux ne sont des titres honorables qu'autant qu'on s'est illustré comme eux.* La vertu au surplus est rarement héréditaire ; une infinité de causes peut la dénaturer ; la variété du climat et des alimens, la différence des affections et des diverses substances maternelles, ne peuvent manquer de modifier tôt ou tard , ou de changer totalement les qualités constitutives de l'homme (1). Tel père , en effet, eut du génie ou de la magnanimité , tel fils fut imbécille ou crapuleux ; tel souvent aussi se targue d'être issu d'une famille illustre ; tel n'est réellement que le modeste rejeton de quelqu'heureux laquais. Cette manière de m'exprimer ne plaira sans doute pas à ces MM. Delajobardière ; mais qu'y faire ? la vérité toute nue n'est qu'une , elle n'a qu'un sens, qu'un langage.

Or, par la raison que nul indice interne ou externe ne constitue aucune race particulière d'hommes, il est concluant qu'ils ont entr'eux une affinité directe et constante.

------

(1) C'est ainsi qu'une famille, d'abord robuste, spirituelle, courageuse, peut devenir ensuite débile , imbécille et lâche. Si quelqu'un prétend le contraire, je lui demanderai pourquoi les hommes, qui dérivent sensément d'une même personne, sont les uns petits, les autres grands ; les uns blancs, les autres noirs ; les uns ingénieux, les autres bornés ? Je lui demanderai pourquoi , dans une même famille, deux frères ont souvent des traits si dissemblans, un naturel si opposé, et des facultés si peu analogues ?

Comme tous les autres êtres de la nature, ils naissent donc égaux.

Comme tous les êtres de la nature, ils naissent donc libres.

En vain par violence, ou autres moyens quelconques, on parviendroit à leur ravir la liberté naturelle, leur esclavage ne seroit jamais qu'instantané, parce que la nature, *immuable en ses volontés*, reprendroit sur eux tôt ou tard ses droits.

Cette vérité n'est pas moins applicable au principe de leur égalité. L'injustice ou l'envie de dominer pourra toujours, sous un gouvernement lâche ou lui-même injuste, établir d'odieuses distinctions héréditaires; mais on peut prédire, à coup sûr, qu'elles seront la source de continuelles et violentes agitations, parce que la nature fera toujours de constans et violens efforts pour s'en affranchir (1).

C'est pour avoir agi constamment contre

---

(1) De même que la greffe ne change point la nature ni des racines, ni du pepin de l'arbre; de même aussi, toute institution étrangère à la nature de l'homme, ne peut ni changer sa manière naturelle d'agir, ni influer sur le naturel de ses descendans : c'est ainsi que l'homme aimera, désirera et voudra toujours la liberté, parce qu'il naîtra toujours libre et indépendant.

*l'instinct de l'homme ; c'est pour n'avoir res-
pecté, ni son égalité, ni sa liberté naturelle,
qu'on l'a toujours excité à des rébellions dont
les funestes conséquences entraînèrent si souvent la ruine des Nations.*

DES PEUPLES.

Il est présumable que les hommes, primiti-
vement fort peu nombreux, ne vécurent pas
toujours en Société, et qu'ils errèrent long-
temps, comme les autres êtres de la Nature, de
rive en rive, de rocher en rocher. Dans cette
hypothèse admissible, il seroit fastidieux de
conjecturer toutes les causes qui durent les porter
à renoncer à une vie vagabonde et solitaire
pour se réunir en Corps et former insensi-
blement des Peuples ou Nations : mais, quels
que soient les motifs qui les y ont guidés,
il est incontestable qu'alors maîtres absolus de
leurs volontés, et puissamment enclins à satisfaire leurs besoins naturels, ils ne se sont unis
que pour parvenir plus sûrement à ces fins : la
Société n'est donc que le résultat d'une réunion
plus ou moins considérable d'hommes qui, en
s'unissant, n'eurent d'autre intention que celle
de se procurer facilement toutes les jouissances

de la vie, et se prémunir contre tous les maux qu'ils avoient à craindre.

Mais, dans le principe, l'association pure et simple n'empêchant point le plus fort de faire la loi au plus foible, le fourbe de duper l'innocent, etc. etc., l'expérience démontra bientôt qu'il ne leur étoit pas possible, en même temps, d'éviter tous les maux et de satisfaire tous leurs désirs : ils sentirent donc la nécessité de renoncer à une partie de leurs prétentions à cet égard ; et pour se ménager l'autre, *ils se dictèrent volontairement des lois ou réglemens.*

Dès lors le bonheur de la Société sembloit assuré pour jamais : de l'unanime volonté des parties contractantes devoit nécessairement résulter un accord parfait. Mais, tel est le sort malheureux de toutes les institutions humaines, que nulle d'elles n'est véritablement prospère ! Ces mêmes lois qui devoient assurer le bonheur des hommes, furent elles-mêmes la source de grands maux.

En effet, depuis lors subordonnés à la puissance des lois, étrangère à leur volonté, et, par cela même, quelquefois contraire à leur tendance naturelle à satisfaire leurs désirs, les associés *perdirent nécessairement une portion de leur liberté naturelle :* premier mal.

Forcés ensuite de concéder à quelques uns d'entr'eux le droit de les faire exécuter, ils les rendirent ainsi les interprètes ou les mandataires de la volonté générale, et *perdirent conséquemment, par le fait, une portion de leur égalité naturelle :* deuxième mal.

Faute d'ailleurs d'avoir donné aux lois une force capable de maîtriser la licence, ils furent encore exposés aux désordres de l'anarchie : troisième mal.

Enfin, tombant dans l'extrême opposé, l'autorité Souveraine trop puissante, au lieu de les protéger, ne servit, au contraire, *qu'à aggraver leurs maux.*

On voit donc, par ce simple aperçu, que *l'homme, pour être heureux, ne peut vivre sans lois ; mais que ces lois doivent être tellement subordonnées à sa nature, que si, par nécessité absolue, le Législateur est forcé de s'en écarter, il ne doit le faire qu'avec la plus grande circonspection.*

Une Société ainsi organisée seroit éternelle, parce que fortement consolidée par le concours général et volontaire des associés, nulle puissance humaine n'en pourroit saper les fondemens ; mais celle, au contraire, qui, loin de faire goûter à ses membres la paix et le bonheur, ne serviroit qu'à les rendre esclaves ou malheureux, ou qui n'intéresseroit à sa conservation qu'un petit nombre d'individus, celle-ci, dis-je, alors vaine et illusoire, ne pourroit avoir une existence durable ; parce que la généralité des associés, par l'effet même de leur tendance naturelle aux jouissances de la vie, s'empresseroient de briser les liens qui les unissoient, et se constitueroient en une nouvelle Société plus conforme à leurs désirs, et conséquemment plus propre à les rendre heureux.

C'est pour avoir agi contradictoirement au but même de l'association ; c'est, ou pour n'avoir pas réglé convenablement les pouvoirs de la Souveraineté, ou faute d'avoir subordonné les lois constitutives de l'Etat aux lois naturelles, que les Nations, continuellement lésées dans leurs plus chers intérêts, se révoltèrent contre l'autorité Souveraine, et se désunirent quelquefois pour se réorganiser plus convenablement.

DES ROIS.

Les Rois sont des hommes ; comme eux ils sont soumis aux lois de la Nature ; ce qu'ils pensent, ce qu'ils disent, ce qu'ils font, par instinct naturel, tend constamment, ou à la diminution de leurs maux, ou à l'augmentation de leurs plaisirs. Si la conduite généreuse et magnanime de quelques uns dénote un caractère tout différent, c'est uniquement l'effet surnaturel d'une extrême grandeur d'âme vraiment héroïque et jamais trop admirée; mais, en général, si l'on considère comme mauvais Rois ceux qui, dans la pluralité de leurs actions, n'agissent que conformément aux lois communes à tous les êtres de la Nature; c'est-à-dire, à l'horreur de tout ce qui leur nuit ou leur déplaît, ou à l'attrait de tout ce qui leur sert ou leur fait plaisir, LA SOMME DES MAUVAIS ROIS L'EMPORTE CERTAINEMENT SUR CELLE DES BONS.

Les Rois, sur la terre, sont les images vivantes de l'Eternel. Si nous leur en accordons la PUISSANCE, la GRANDEUR, la MAJESTÉ, eux, à leur tour, doivent constamment faire leurs efforts pour nous gouverner AUSSI HEUREUSEMENT *qu'ils se figurent que nous le serions par lui-même;* nous devrions voir sans cesse sur leur front son empreinte divine; mais, pour leur honte et notre malheur, la plupart du temps on n'y aperçoit que celle d'un homme fort ordinaire, et quelquefois celle d'un monstre.

L'expérience a démontré les funestes inconvéniens d'un Royaume électif, et établi, pour cette raison, l'hérédité de la couronne; mais, de ce qu'un Trône est héréditaire, il est absurde d'en conclure que la Nation soit sa propriété; puisque c'est elle-même qui, pour se garantir de l'esprit de sédition des factieux, a *volontairement et gratuitement consacré ce principe.*

Mais, d'un autre côté, de la conséquence que la Nation n'est point la propriété du Trône, il n'est pas moins absurde d'en conclure que les droits de succession à la couronne ne soient pas perpétuellement inaliénables (1); car on conçoit que si de principe, ces droits ne l'étoient point, l'hérédité de la couronne seroit radicalement nulle d'effet, ou du moins illusoire (2).

---

(1) C'est l'unique exception à la regle relative aux droits des associés sur toutes leurs conventions. (Voyez pag. 27)

(2) Tout Trône héréditaire, quel qu'il soit, a dans l'origine été *électif :* il n'a été proclamé *héréditaire* que pour obvier aux inconvéniens des élections successives; mais par une conséquence évidemment nécessaire de l'essence même de ce principe, l'hérédité une fois consacrée par la volonté générale, doit être à jamais *fixe* et *inaltérable;* sa nature ne peut être changée, ni même modifiée sans troubler l'harmoie sociale. L'histoire de toutes les Nations, principalement celle de leurs révolutions, atteste à chaque page combien la chute d'un

Un usage antique et sacré autrefois rappeloit
aux Souverains que de simples particuliers ils
n'avoient été élus Rois que par le vœu, le

Trône occasionna de désordres, et combien de sang et de larmes
ils firent répandre.

C'est ainsi qu'en 1814, par le fait même de la violation du
principe de la légitimité, la chute de l'Empereur Napoléon
fut illégale, de même que l'exil des Bourbons a été illégal, ainsi
que celui des Carlovingiens et des Mérovingiens. Ces dynasties
ne sont, en réalité, pas plus légitimes les unes que les autres,
par la raison qu'elles ne doivent chacune leur élévation qu'aux
effets de leur ambition personnelle, ou des troubles suscités
par la malveillance des factieux ou la tyrannie des gouvernans ;
la seule véritablement légitime est celle à qui la Nation accorda,
pour la première fois, le droit de succession. Or, la Nation
française a trop de fois tergiversé ; elle s'est confirmée elle-
même pour des siècles, peut-être pour jamais, le surnom
d'inconstante. Toutes les fois qu'elle a abandonné une dynastie
pour en reprendre une autre, elle s'est exposée à de grands
malheurs et couverte de honte. Dans la circonstance déplorable
où elle se trouve, puisque les alliés, ses voisins, ont formellement déclaré qu'ils ne prétendoient, en aucune manière, lui
imposer aucun gouvernement, elle doit, pour son bonheur
futur et le repos du Monde, adopter, une fois pour toutes, et
le déclarer à la face du ciel et des hommes, celui qu'il lui plaît
de choisir, celui qui peut faire véritablement le bonheur de la
généralité de ses associés ; celui enfin qui consente à les régir
comme ils l'entendent, ET PAS AUTREMENT.

A rigoureusement parler, dès lors qu'un Prince a accepté la
couronne, dès lors que la Nation a consenti à son inauguration,
nul des deux ne peut être fondé, lui, à renoncer à sa charge,
elle, de l'en déposséder si l'un ou l'autre s'y oppose ; car, dans

suffrage et la volonté du peuple ; que les Nations,
par cette élection purement volontaire, avoient

---

ce cas, le Roi appartient tout à la Nation, et la Nation, toute
au Roi.

Néanmoins, il est constant que si le chef du Gouvernement,
par dégoût ou incapacité, ne peut gouverner dignement l'Etat,
le Roi et la Nation ont un égal intérêt à ce que l'abdication
s'exécute. D'un autre côté, si le Monarque est tellement injuste
et barbare qu'il plonge constamment l'Etat dans le deuil et la
misère, il n'est pas moins constant que la Nation acquiert, à
juste titre, le droit de le forcer à se démettre d'une autorité
dont il fait si indignement usage ; car, dans le cas contraire, le
Corps Politique seroit souvent victime de l'insouciance, de l'imbécillité, de l'injustice ou de la barbarie du Chef suprême. Si,
surtout, les droits des citoyens sur leur Souverain n'étoient pas
réels, s'ils n'avoient point la liberté d'en user quelquefois, en
quoi donc consisteroit la garantie des intérêts les plus chers d'une
Nation contre la tyrannie ou les atrocités du Monarque ? S'il
pouvoit faire le mal impunément, qui donc l'en empêcheroit
quand un naturel féroce l'y exciteroit ? Enfin, si de principe
les Rois ne pouvoient jamais être forcés à descendre du Trône,
ne pourroit-on pas leur dire avec vérité : *Pillez, ruinez, tour-*
mentez hardiment vos malheureux sujets, exercez sur eux la bar-
barie la plus outrée, il ne vous en arrivera jamais rien ; vous
régnerez et commanderez toujours en Maître ; car si vos sujets,
las enfin de vos déprédations, de vos cruautés, de vos infamies,
ont l'insolence de porter sur vous des regards sacriléges, de vous
inquiéter, de vous détrôner, rassurez-vous, cinq cent mille bayon-
nettes étrangères viendront soudain châtier leur criminelle entre-
prise, et vous remettre radieux sur un Trône que vous aurez souillé ?

voulu et prétendu être gouvernées *sagement*, *libéralement* et *heureusement* (1).

Depuis long-temps ces vérités étoient méconnues ou ensevelies dans les ténèbres ; mais, grâce aux lumières du siècle, elles commencent à renaître : il me semble déjà en voir les rayons bienfaisans réfléchir sur le Trône de quelques Rois, et les convaincre que leur élection n'est pas seulement le résultat d'une inspiration divine, DE LA GRACE DE DIEU, *mais qu'elle est encore celui du consentement général et volontaire des associés ; qu'ils doivent tout, indistinctement tout aux Nations qu'ils gouvernent ; enfin, que les peuples ne sont point faits pour les Rois, mais les Rois pour les peuples.*

C'est pour n'avoir pas eu constamment une noble défiance de leur naturel, et ne s'être point pénétrés de toute l'importance de leurs fonctions ; c'est pour avoir orgueilleusement méconnu le but réel de l'association et de leur

---

(1) Le professeur de Félice rapporte que les anciens peuples d'Aragon, lors de l'inauguration de leurs Rois, ne manquoient jamais de leur adresser ces paroles remarquables : *Nous qui valons autant que toi, te faisons notre Roi, à condition que tu garderas et observeras nos priviléges et libertés selon lesquels nous prétendons être gouvernés*, ET NON PAS AUTREMENT!

élection, que les Rois n'opposèrent aucune résis-
tance à leurs passions, qu'ils ne se crurent comp-
tables de rien envers les peuples, et qu'ils pré-
parèrent eux-mêmes, par une série d'humi-
liantes vexations, la chute de leur Trône; c'est
pour avoir méconnu les droits imprescriptibles
d'un peuple opprimé sur un Roi injuste ou
cruel, qu'en vouant ce malheureux peuple
aux horreurs de la guerre civile et de la guerre
étrangère, ou se rendit également criminel aux
yeux des hommes et de la divinité; enfin, c'est
faute d'avoir violé la légitimité successive
du Trône que les Nations se creusèrent elles-
mêmes un abîme de maux.

DES GOUVERNEMENS.

Puisque l'association ou le Corps Politique, n'est que le résultat pur et simple de la volonté des hommes ; puisque c'est bénévolement qu'ils se sont donné des lois et des magistrats, il est incontestable que, *créateurs de toutes choses*, ils doivent êtres aussi *maîtres de toutes choses ;* qu'ils peuvent conséquemment, pour leur intérêt commun, rompre ou resserrer l'association, changer ou modifier les lois, annuler, restreindre ou étendre les pouvoirs de leurs interprêtes.

En effet, s'il arrive que le naturel ou les intérêts des associés deviennent tellement incompatibles qu'ils cessent de vivre en bonne intelligence, le bon sens ne peut manquer de leur insinuer la pensée ou la nécessité de se dissoudre, de même qu'il leur a inspiré un jour celle de s'unir (1).

---

(1) Le motif de cette dissolution n'est pas alors moins fondé que celui qui porte, ou deux époux à se séparer quand ils se deviennent insupportables, ou une société particulière à se dissoudre quand l'harmonie cesse d'exister entre ses membres ; mais il est, dans tous les cas, toujours déplorable d'en venir à de pareilles extrémités.

D'un autre côté, si les lois qu'ils se sont données cessent de faire leur bonheur, le même bon sens ne manquera pas non plus de leur faire sentir la nécessité de les abolir et d'en établir d'autres plus susceptibles de les rendre heureux.

Enfin, si les interprêtes des lois, loin de concourir à leur stricte exécution, ou les négligent, ou les violent eux-mêmes ; si, au lieu d'être bons, affables, intègres et humains, ils deviennent au contraire, fiers, arrogans, injustes ou tyrans, les associés se trouveront encore dans l'urgente nécessité de prévenir ou réprimer leur indolence ou leurs injustices.

Il existe donc dans tout Corps Politique trois pouvoirs également puissans ; *le Pouvoir Populaire, le Pouvoir Législatif et le Pouvoir Exécutif.*

Néanmoins, le premier, *le Pouvoir Populaire,* résidant sensément dans la volonté générale (1),

---

(1) Tant que les lois ont un rapport direct ou une affinité réelle avec les besoins et les désirs naturels de la généralité des associés, le Pouvoir Populaire n'est pas autre que le Pouvoir Législatif ; mais dans le cas contraire, le peuple étant constamment en opposition avec elles, on ne peut raisonnablement prétendre que la volonté ou la puissance populaire soit purement chimérique ; on en voit d'ailleurs des effets trop terribles dans les grandes catastrophes, préludes ordinaires des révolutions.

se confond ordinairement avec le second, *le Pouvoir Législatif;* d'où il suit qu'on peut toujours considérer un Corps Politique comme gouverné par deux mobiles seulement, l'un, *le Pouvoir Législatif,* l'autre, *le Pouvoir Exécutif.*

Il n'est pas moins évident que si les associés avoient tous assez de raison pour n'agir jamais que conformément aux lois, la puissance législative seule suffiroit; mais l'expérience en a démontré l'impossibilité et créé en conséquence la puissance exécutive : or, l'expérience ayant encore démontré l'inconvénient de cette dernière, résultant de l'injustice de ses agens et de l'incompatibilité des deux pouvoirs, on dut nécessairement prendre des précautions pour que ces deux puissances fussent constamment dans un tel équilibre que ni l'une ni l'autre ne prédominât. Tel a été dans tous les temps, le but constant des Législateurs ou Constitutionnaires; mais nous devons à la vérité de dire que la perfection de cet équilibre est encore pour eux une pierre philosophale aussi difficile à trouver que précieuse (1).

____

(1) En général, si ce n'est dans les Etats Républicains, le Pouvoir Exécutif l'emporte toujours sur le Pouvoir Législatif; ce qui en est une preuve irrécusable, c'est que le gouvernement

On voit donc, d'une part, *que la constitution d'un Corps Politique doit être telle que les lois qui en dérivent, doivent identifier avec la volonté générale, afin que le* POUVOIR POPULAIRE *et le* POUVOIR LÉGISLATIF *ne fassent qu'*UN SEUL ET MÊME CORPS, *et n'aient qu'une seule et même volonté.*

Et d'autre part, *qu'elle maintienne consécutivement les puissances législative et exécutive dans un équilibre parfait, tant pour mettre la Nation à couvert du despotisme, que pour la préserver de l'anarchie.*

Il est essentiel que ceux des citoyens les plus heureusement doués des qualités de l'âme, soient choisis de préférence pour agens ou in-

---

devient rarement anarchique, et que, presque toujours, il devient despotique. Les Nations Chinoise et Anglaise sont réellement plus heureuses et plus fortes qu'aucune autre, parce que leurs gouvernemens sont moins livrés à eux-mêmes qu'aucun autre. Si le peuple chinois n'étoit pas si nombreux, si le gouvernement Anglais n'étoit pas si égoïste envers les autres Nations, les Chinois et les Anglais pourroient se vanter d'être aussi heureux qu'il leur est possible de l'être. Au reste, on juge assez ordinairement de la liberté par les effets qu'elle produit dans les révolutions, et dès lors on la répute pernicieuse ; mais ce u'est point dans le tumulte ou des accès frénétiques qu'on peut juger sainement des choses ; c'est dans le calme et le repos. Lorsqu'un peuple se révolutionne, la liberté est une rage que des calmans ne font qu'irriter ; c'est un feu qui dévore, un torrent qui entraîne, images du plus affreux désordre, terprètes des lois; car moins les fonctionnaires publics sont injustes, ignorans ou imbécilles, mieux les lois sont fidèlement et sagement observées, et plus le gouvernement a de force et d'énergie.

C'est surtout dans le choix des premiers fonctionnaires que l'on doit apporter la plus scrupuleuse attention; constamment associés aux vertus ou aux crimes du chef de l'Etat, c'est d'eux que dépend pour ainsi dire le sort de la Nation : si les Rois s'entouroient toujours de Ministres spirituels, intègres et humains, ils feroient presque toujours le bonheur de leurs sujets. (1)

C'est faute d'avoir méconnu les droits im-

---

(1) Quand il s'agit des plus chers intérêts du Trône et de la Nation, ce n'est point des qualités brillantes ou superficielles qu'il faut rechercher, mais bien des qualités éminemment solides et profondes, et des talens réels. Le bonhomme La Fontaine qui, plus qu'un autre peut-être, avoit une connoissance approfondie du cœur humain, et qui exerçoit quelquefois à le dépeindre sa muse badine, donne à cette vérité un sens beaucoup plus étendu.

Rien (dit-il) n'est si dangereux qu'un *ignorant ami;*
    Mieux vaudroit un *sage ennemi.*

En effet, le premier, malgré son amitié, fait tout *maladroitement,* tandis que le second, malgré son inimitié, agit toujours sagement.

prescriptibles du peuple sur les droits fortuits ou conventionnels de la Souveraineté, quand celle-ci cessoit de faire son bonheur, que les citoyens, forcés de lutter contre une autorité tyrannique, furent entraînés dans la cruelle nécessité de se révolutionner et de proscrire des hommes entichés de leurs vains titres, ou de maximes aussi étrangères au siècle d'alors, que ridicules et ignominieuses; c'est pour n'avoir pas établi un équilibre parfait entre le Pouvoir Législatif et le Pouvoir Exécutif, que le gouvernement devint, ou anarchique, ou despotique; c'est encore faute d'avoir placé au timon des affaires des hommes expérimentés, intègres, spirituels ou humains, que l'Etat, continuellement victime de l'inexpérience, de la voracité, de l'imbécillité, ou de la barbarie des premiers Ministres, perdit peu à peu sa force, ses ressources, son énergie, et finit quelquefois par succomber.

La destinée présente de l'homme est de jouir des bienfaits d'une nature libérale, et cependant il vit constamment malheureux: il naît et meurt vertueux, et sa vie n'offre qu'une longue série de crimes ou d'erreurs : c'est naturellement de tous les animaux le plus raisonnable, le plus généreux, et le plus humain, et

cependant, il est moralement le plus injuste,
le plus égoïste et le plus barbare : si l'on exa-
mine attentivement sa conduite politique, la
raison s'indigne et s'écrie douloureusement : O,
homme, ou reviens de tes erreurs, ou sois à
jamais le plus odieux des êtres !

Quand la nécessité lui suggéra la pensée de
soumettre sa volonté à une autorité Souveraine,
il jouit d'un bonheur pur, tant qu'il n'oublia
pas qu'en s'associant, il s'étoit formellement
engagé à limiter ses jouissances, de telle manière que, sans cesser d'être heureux, il ne
portât aucun préjudice à ses co-associés; mais
le désir insatiable des jouissances l'entraîna
bientôt d'oubli en oubli, d'erreurs en erreurs,
de crimes en crimes : ses progrès dans l'art de
duper furent si étonnans, qu'il vint à bout de
persuader que ses injustices étoient des œuvres
pies; ses crimes, des vertus. C'est ainsi que
l'homme dit à l'homme : *Pour être heureux,
tu seras mon esclave, et je serai ton maître;
tu travailleras, et je me reposerai ; tu recueil-
leras les fruits de la terre, et je les man-
gerai ; enfin, tu souffriras, et je jouirai* (1) ;
et l'homme le crut, et consentit à tout. Natu-

---

(1) La nation la plus tranquille et la moins agitée est la nation

rellement égoïste, comme tout être qui respire, il le devint par principe, et à un tel point, que de nos jours, depuis le pâtre jusqu'au Roi, si, pour dévorer toutes les jouissances, il lui falloit bouleverser la Nature entière, le pâtre, le Roi, tous le feroient sans scrupule; tant l'homme dans le délire effréné de ses passions est injuste et déraisonnable (1)!

-----

esclave, car tout s'y fait impérativement ; mais est-ce bien là en quoi réside le bonheur ? N'existe-t-il pas plutôt dans la jouissance des bienfaits de la vie ? Alors, je le demande, ne vaut-il pas mieux, *pour un peu moins de tranquillité, avoir un peu plus de bonheur ?*

Le gouvernement le plus à l'abri des émeutes populaires est, il est vrai, le gouvernement aristocratique ou despotique ; mais, je le demande encore, si le gouvernement se faisoit toujours chérir par la douceur et la libéralité de ses lois, n'est-il pas évident que, pour se maintenir, il n'auroit besoin d'aucune force factice ? Car, n'est-il pas vrai que si la généralité des citoyens en étoit satisfaite, ces mêmes citoyens, au lieu de conspirer contre lui, seroient les premiers à le défendre s'il venoit jamais à être menacé ou attaqué ?

Au reste, il est de vérité *que le gage le plus assuré de la libéralité et de la sagesse d'un gouvernement, est une confiance absolue dans l'amour du peuple, et l'abnégation totale de tout système aristocratique.*

(1) Honnis soient à jamais les lâches gouvernemens qui laissent croupir dans l'esclavage et l'abrutissement des hommes nés pour la liberté, l'indépendance et le bonheur ! Honnis soient à jamais ces âmes assez viles, assez crapuleuses pour ne point rougir de trafiquer du sang des hommes, et d'augmenter

Une douce jouissance, une sainte volupté, étrangère à la Nature, inconnue à nos premiers pères, l'amour des combats en un mot, ou l'art de s'entremassacrer, est présentement une vertu, et la vertu la plus à la mode. Nul aujourd'hui n'est illustre, s'il n'a militairement égorgé quelques douzaines d'hommes, incendié des centaines de hameaux, pillé, ravagé, ruiné quelques cités florissantes. Oui, hommes, la première de vos vertus c'est la vertu militaire : l'amour de la paix n'a plus pour vous aucuns charmes; car en paix on ne massacre personne,

---

leur fortune colossale de la sueur des misérables qu'un sort injuste et sacrilége a mis sous leur dépendance ! Le Roi qui règne sur des esclaves ne peut être qu'un monstre, par cela même que son cœur est inaccessible à la pitié ; qu'il ne brise pas les liens odieux de ses esclaves, et qu'il ne cesse de prodiguer à quelques familles fortunées seulement des bienfaits qui n'appartiennent qu'à l'indigence, à la vertu, au malheur, aux talens. Un brigand qui trempe ses mains dans le sang d'une victime infortunée, fait frémir d'horreur : on se hâte d'en purger la société ; mais qu'est-ce un brigand de cette espèce près d'un despote ? Lequel a l'ame la plus féroce ? lequel s'est le plus de fois souillé d'un assassinat ? Répondez-moi donc, hommes injustes et perfides, bêtes farouches et sanguinaires, Despotes enfin, qui pouvez faire le bonheur de vos sujets, et qui ne le faites point, et qui faites leur malheur; qui pouvez laisser sur la terre l'image de vos vertus héroïques, et qui n'emportez jamais dans le tombeau que le mépris des hommes et la colère d'un Dieu vengeur de vos iniquités.

car en paix on ne brûle, on ne détruit rien.
Ainsi, la bouche qui doit vous caresser est la
bouche qui vous déchire, la main qui doit vous
secourir est la main qui vous assassine.

Depuis que le Monde est Monde on a toujours vu les animaux en paix ; du moins ils ne
troublèrent jamais leur félicité ; jamais ils ne se
battirent race contre race (1) : si de temps à
autre quelques querelles s'élèvent entr'eux,
les deux champions vident ensemble leur dif-
férend ; mais nul des deux n'implore l'assistance
de qui que ce soit, et qui que ce soit n'épouse
leur querelle. Des milliers d'essaims d'abeilles,
quelquefois réunis en un même lieu, ne se font
jamais la guerre, bien que leurs intérêts soient
différens, qu'ils moissonnent tous dans un même

---

(1) « L'homme, dit Fénélon, malgré sa raison, fait ce que
» les animaux sans raison ne firent jamais. » *V. Télémaque,
déplorant les maux de la guerre.* .

Saint Paul lui-même semble avoir conçu la même opinion.
« Il n'y a, dit ce moraliste, personne de juste. Tous les
» hommes *se sont* égarés ; il n'y en a aucun qui fasse le bien ;
» *il ne s'en trouve pas un seul.*

» Leur gosier est un sépulcre ouvert ; leurs paroles ne sont
» qu'artifice ; ils cachent sous leurs lèvres un venin d'aspic. Ils
» ont les pieds légers pour aller répandre le sang. Par où ils
» passent, il n'y a que ruine et malheur, et ils ne savent ce que
» c'est que paix. »   *V. Epitre aux Romains, ch. II.*

champ; et qu'ils sucent alternativement la même fleur. Enfin, la Nature entière constamment occupée de sa félicité, par ses divins accords, sa douce harmonie, semble n'avoir qu'un seul et même but, qu'une seule et même pensée, LA PAIX ET LE BONHEUR. L'homme seul, ennemi de lui-même, ennemi de la Nature, semble né pour la troubler; dans son aveugle fureur, on le diroit destiné à balancer par ses maux les bienfaits dont elle est si prodigue.

LA DIVINE PROVIDENCE est affligée de nos erreurs; elle déplore notre aveuglement : en nous douant d'heureuses qualités, elle avoit voulu sincèrement notre bonheur; elle le veut encore.

Serons-nous insensibles à ses vœux, insensibles à sa douleur? L'homme ne sera-t-il jamais l'ami de l'homme? s'égorgera-t-il toujours? l'homme ne sera-t-il jamais heureux?

Ah! si les Rois vouloient avoir pitié de nos misères; s'ils vouloient immortaliser leurs noms et leurs vertus, tant de gloire, tant de bienfaits sont dans leurs mains.

Ils reconnoîtroient, qu'égoïstes par caractère, comme tous les hommes, et souvent beaucoup plus, *ils sont sans cesse exposés à devenir injustes.*

Ils reconnoîtroient que la violence de leurs passions les maîtrise et les égare constamment, parce qu'*il n'existe aucune force répressive capable de les comprimer.*

Ils reconnoîtroient, qu'ils sont *ou méchamment ou innocemment* la cause de tous les désordres des Corps Politiques; que *c'est par eux* et *pour eux seuls*, que l'homme s'est toujours égorgé et s'égorgera toujours.

Ils reconnoîtroient, que dans l'impossibilité d'être justes *par eux-mêmes*, la raison, la justice, l'humanité, leur imposent l'obligation sacrée de le devenir, *n'importe par quel moyen.*

Enfin, *dès lors ils reconnoîtroient* l'absolue nécessité de subordonner leur pouvoir à un pouvoir supérieur, de telle sorte que si l'un d'eux essayoit de troubler l'harmonie sociale, *il en fût immédiatement empêché;* de même qu'un simple citoyen ne viole pas impunément les lois; de même aussi qu'une province d'un vaste Empire ne se révolte pas facilement contre *contre toutes ses forces réunies.*

Autrefois, des milliers de sauvages, encore dans l'âge de l'abrutissement, furent assez raisonnables, assez amis de l'ordre, pour sentir le besoin de s'unir en société, et de soumettre leurs volontés individuelles à une seule et même volonté.

Des mille ans après, une douzaine de Rois policés, humains et compatissans auront-ils la honte d'être moins sages, moins vertueux que ces barbares? L'histoire de tous les temps n'a que trop clairement démontré que quelqu'aient été leurs vertus, leur générosité, leur magnanimité, JAMAIS LES ROIS N'ONT PU S'ACCORDER; et qu'aussi long-temps que durera le Monde, ILS NE S'ACCORDERONT JAMAIS.

Que ne prennent-ils donc la sage résolution de s'unir étroitement, de former entr'eux une association ou PACTE FÉDÉRAL (1) *qui garantisse, en même temps, leurs droits respectifs et ceux de leurs sujets; soumette leurs passions à l'empire de la raison, et tarisse enfin les sources de sang dont l'Europe est depuis si long-temps inondée.*

En vain l'on nous berce de flatteuses espérances; en vain l'on nous parle d'une Balance Européenne seule capable de consolider la paix

---

(1) Bon Rousseau, si quelques erreurs, si quelques singularités ont tant soit peu mitigé l'éclat de ta sagesse infinie, au moins ce n'est pas ton amour pour la paix, ton horreur pour le sang! au moins ce n'est pas *ton projet de paix perpétuelle !*

et le bonheur des Nations : cette balance n'est qu'un vain mot ; quelle qu'elle soit, elle ne préviendra jamais les injustices des Rois, leurs méchancetés, leurs perfidies, leurs agressions ; *elle n'empêchera point la guerre de se rallumer*, et de troubler ainsi le repos du Monde.

Une Confédération Européenne, au contraire, en soumettant les volontés individuelles des Rois à une seule et même volonté générale, obvieroit nécessairement à l'anarchie des Corps Politiques ; de même qu'une simple association d'homme à homme, de ville à ville, de province à province, comprime la malveillance de l'une ou l'autre des parties contractantes (1).

Cette Fédération, au surplus, le *palladium* de la paix et du bonheur de toutes les Nations, ne diminueroit ni la puissance ni la grandeur

---

(1) Si les provinces de l'Empire français étoient chacune érigées en Royaume, n'est-il pas évident que ces mêmes petits royaumes seroient souvent en guerre l'un contre l'autre, de même que la France entière l'est quelquefois avec ses voisins ? N'est-il pas encore vrai que l'association ou la réunion de ces mêmes provinces leur en ôte la facilité et même la possibilité ? Eh bien, que l'on donne à la France une forme républicaine, que l'on investisse chaque province du droit exclusif de régler ses affaires particulières, et l'on verra en elle le véritable modèle de la Confédération Européenne.

des Souverains : elle leur donneroit, au contraire, plus de prépondérance, puisqu'au lieu de gouverner individuellememen les peuples, ils les gouverneroient collectivement ; et que s'ils perdoient *la partie vicieuse* de leurs volontés particulières, ils en seroient amplement dédommagés par le droit de s'ingérer simultanément des affaires des autres Nations, *autant pour prévenir de criminelles intentions, que pour seconder des vues sages et bienfaisantes.*

Il seroit de même absurde de s'imaginer que cette association fût contraire à leurs intérêts particuliers, ou leurs sûretés personnelles, puisque les pouvoirs dont elle seroit revêtue *émaneroient* exclusivement d'eux ; qu'ils pourroient dans tous les temps la changer, ou la rompre, *si tel étoit leur bon plaisir ;* et qu'elle les *garantiroit pour toujours* des suites dangereuses d'une révolte populaire ; des criminelles entreprises d'un usurpateur, et de l'ambition démesurée des conquérans.

Quant à nous, tristes victimes des calamités politiques, peuples infortunés ; si tant de magnanimité et de générosité signalent les vertus de nos Rois, la riante perspective d'un bonheur durable séchera nos pleurs et guérira nos maux ; nous jouirons désormais sans inquiétude et sans alarmes, des bienfaits de la Nature, et nos mains reconnoissantes éleveront un riche Monument destiné à rappeler à la postérité les noms chers d'Alexandre, de François, de Guillaume, etc. que des vertus héroïques auront immortalisé.

CONCLUSION.

Je n'ai pas l'orgueil de croire que ce projet soit adopté; mais il est hors de doute, que si par des moyens analogues, les Rois ne sont pas assez raisonnables pour enchaîner leurs passions, le repos du Monde sera continuellement troublé, soit par l'effet des révolutions populaires et des querelles des Rois, soit par celui de la manie des conquêtes : comme il le fut, jadis par la puissance Macédonienne, plus tard par la puissance Romaine, et de nos jours, par la puissance Française.

FIN.